b 55 1811

I0546655

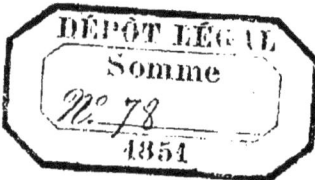

DÉPÔT LÉGAL
Somme
N° 78
1851

UNE

GRANDE DIPLOMATIE

POUR

UNE MESSE BASSE

OU

LA RECONNAISSANCE A QUELQUEFOIS SES INCONVÉNIENTS

Proverbe historique en deux actes et sept tableaux

PAR Aug[in]. Gds.

BIBLIOTHÈQUE NATIONALE
R.F.
IMPRIMÉS

AMIENS

TYPOGRAPHIE DE E. YVERT

Rue-Sire-Firmin-Leroux, 24.

1851.

PERSONNAGES :

—

L'Étranger.

Le Maire *(athée politique)*.

Le Curé *(légitimiste)*.

Le Sous-Préfet *(ambitieux vulgaire)*.

Le Commissaire de Police.

Le Commandant du Chateau *(franc-militaire)*.

Le Régisseur.

M. Bellami *(raisonneur)* (*)

M. Tête neige.

1er Sociétaire du Cercle *(étourdi)*.

2e   id.

3e   id.

4e   id.

Le Garçon de bureau du Cercle *(légitimiste)*.

Le Sacristain.

—

La scène se passe en 1850, au mois de septembre, dans
une ville de province qui possède une
résidence royale.

(*) En termes de théâtre, c'est l'homme qui a raison, ou qui est l'organe
de la raison.

UNE
GRANDE DIPLOMATIE
POUR UNE MESSE BASSE.

SCÈNE PREMIÈRE.

(Dans le cabinet de lecture du Cercle).

PLUSIEURS SOCIÉTAIRES, L'ÉTRANGER *abonné, puis* LE
GARÇON DU CERCLE.

1er SOCIÉTAIRE *(lisant un journal)*.

Tiens ! tiens ! le vieux Roi est mort ! encore un de
moins. M. de Chateaubriand l'avait bien dit : « Les
Rois s'en vont. »

2e SOCIÉTAIRE.

Oui, Et M. de Chateaubriand s'en est allé aussi lui.
Mais, tenez-le pour certain : en dépit de sa prédiction,
vous en reverrez encore des Rois, et vous regretterez
celui-ci, surtout si ce sont des Rois absolus..

1er SOCIÉTAIRE.

Oh ! cette farce !.. comme si c'était possible de re-
voir des Rois absolus...

L'ÉTRANGER *abonné*.

Peut-être, Messieurs, Songez que si un certain gou-

vernement de couleur foncée arrivait au pouvoir, il se montrerait absolu comme aucun ne le fut jamais. Du reste, vous me rappelez ces maximes de M. Emile de Girardin, émises dans un article de revue par sa femme qui signait alors vicomte *Charles de Launay :*
» Tout homme qui a du sang dans les veines est ab-
» solu : tout homme qui a de l'esprit est absolu ;
» tout homme qui a de la dignité est absolu. »

1er SOCIÉTAIRE.

Ah ! je me rappelle. C'est à une époque où M. de Girardin faisait au Roi des avances pour qu'il le nommât ministre.. Le Roi fit.... la sourde oreille, aussi est-il tombé... Dame ! c'est sa faute.. il n'a jamais cru aux journalistes...

L'ÉTRANGER *(avec feu).*

Eh ! Messieurs ! les Français n'y croyent que trop, et c'est bien ce qui a fait tous nos maux !..

LE GARÇON DU CERCLE.

Messieurs, veuillez lire la pancarte accrochée. Il est interdit de parler ici politique, même de tenir des conversations à haute voix. Veuillez vous conformer au réglement. *(A mi-voix).* Encore si c'était pour parler sur la légitimité... Je devais être concierge du château de Chambord, quand...... *(On rit).*

1er SOCIÉTAIRE.

Bravo !

L'ÉTRANGER.

Cependant je suis, chaque jour, auditeur maugréant de discussions, même de colloques dépourvus du moindre intérêt, et qui me forcent quelquefois à déserter le cabinet de lecture où vous avez bien voulu m'admettre. Mais, Messieurs, si vous me permettez un dernier mot pour clore ce petit débat, est-ce que l'on ne compte pas, dans cette ville, donner un souvenir à la mémoire du Roi défunt? Vous me direz que je suis étranger, et que cela ne me regarde pas....

2e SOCIÉTAIRE.

Monsieur a raison. *Ce serait une honte* pour la Ville de ne pas manifester ses regrets, comme on l'a déjà fait ailleurs....

3e SOCIÉTAIRE (*avec emphâse*).

D'autant que la politique expire devant un tombeau...

4e SOCIÉTAIRE.

Et d'autant plus encore, que cette résidence royale qui nous attire tant d'étrangers, curieux de visiter le château et la forêt, a été restaurée et embellie par ce Prince qui y a dépensé les fonds qu'on disait qu'il faisait passer outre-mer...

L'ÉTRANGER.

Je suis heureux, Messieurs, de vous voir lui rendre la justice qui lui est due. Je n'ai fait que devancer vos honorables sentiments. — Vous allez, sans doute, saisir l'à-propos, et vous occuper d'un service funèbre.....

1er SOCIÉTAIRE.

Ah! cela regarde le Maire, moi je pars pour la chasse.... (*Il sort*).

2e SOCIÉTAIRE.

Moi je vais assister à une distribution de prix. Mon aîné, qui a 8 ans, doit en avoir 6, et mon cadet, qui n'a que 6 ans, doit en avoir 8.... (*Il sort*).

3ᵉ SOCIÉTAIRE.

Moi, c'est différent, j'ai des visiteurs de Paris qu'il faut que je mène *en forêt*, pendant qu'il fait beau, car s'il venait à pleuvoir je ne saurais qu'en faire... (*Il sort*).

4° SOCIÉTAIRE.

Moi, je suis attendu dans la salle de jeu. Il faut que je donne au wist une revanche que je ne saurais remettre. — Mais il y a ici vingt personnes qui feront cela... (*Il sort*).

(A ce moment, plusieurs autres lecteurs muets, mais qui ont tout entendu, se croyant désignés par l'interlocuteur, prennent leur chapeau et sortent.)

L'ÉTRANGER (*à part*).

Au fait, ces Messieurs sont trop occupés. Eh bien je leur viendrai en aide. Je vais aller trouver le Maire. Je le connais déjà un peu, c'est un homme d'une grande activité, et qui me paraît plein de zèle pour le bien du pays. Je me rappelle l'avoir vu se montrer partout, le jour récent de la première belle fête qu'on ait donnée dans le parc de ce château. Le lendemain matin il partait pour Paris, je le rencontrai au chemin de fer ; à peine s'il avait pu prendre quelque repos ; et le surlendemain, je lisais dans le *Constitutionnel* que c'était à ce premier magistrat de la Ville qu'on devait l'idée de cette fête qui avait peuplé pendant deux jours les hôtels, les restaurants, les cafés de la localité... Aussi, un tel homme peut compter sur sa réélection. Il n'aura aucune démarche à faire pour cela. — Allons, ne perdons pas de temps, courons chez lui.

SCÈNE IIe.

L'ÉTRANGER, LE MAIRE.

LE MAIRE.

Eh ! mon cher *** ! c'est vous ! Eh bien, comment vous trouvez-vous dans notre pays, vous parisien de naissance et de résidence ?...

L'ÉTRANGER.

Mais.. fort bien.. L'air y est pur, les promenades ravissantes.

LE MAIRE.

Et les habitants ?...

L'ÉTRANGER.

Je les connais peu ; beaucoup moins que les rochers et les bois ; mais je les crois affables et bons.

LE MAIRE.

Mon cher, ici on ne pense qu'à s'amuser. Avant moi ce n'était pas comme cela ; il y avait des distinctions très marquées ; la noblesse ne voyait pas la bourgeoisie.. Mais quand je suis venu, ce n'a plus été ça.. Voyez ! j'ai un salon immense, un parc délicieux ; je donne des fêtes d'été et d'hiver. Eh bien ! je réunis mon monde sur un terrain neutre, et toute nuance disparaît.. Ah ! c'est que je suis un homme municipal, voyez-vous ; je ne suis pas du tout politique.

L'ÉTRANGER.

Et la fusion s'est faite ?

LE MAIRE.

Ah ! si elle s'est faite ! complètement faite... Tenez, voyez cette banquette, là... près de la porte..

c'est là la place de la bourgeoisie. Tenez, au côté opposé, voici où se met la noblesse....

L'ÉTRANGER.

Mais on ne se mêle donc pas?

LE MAIRE.

Que dites-vous? On s'invite, on danse, on polke ensemble.. la fusion est complète. Dame! quand on sort d'ici, le reste ne me regarde plus.

L'ÉTRANGER *(à part)*.

Monsieur le Maire, ce que je vois de plus clair là dedans, c'est ceci : Vous avez de la fortune, vous vous en faites honneur ; on aime à s'amuser, dites-vous ; on vient chez vous, et on vous récompense de votre sociabilité en vous accordant une dignité qui vous flatte et qui n'engage à rien. Néanmoins, je parierais que les trois quarts de vos invités vous regardent comme un bailli d'opéra-comique.. *(Haut)*. Ah ça, Monsieur le Maire, est-ce que la Ville ne fait rien à l'occasion de la mort du Roi..?

LE MAIRE.

Je vous répète que je suis tout municipal et non politique.

L'ÉTRANGER.

Mais, vénérable magistrat, il n'y a plus de politique là dedans. Il y a un acte de haute convenance, de bon goût. Voilà tout.

LE MAIRE.

A qui dites-vous cela? on n'a pas mangé quinze ans à la table du Roi sans se sentir quelque chose là. (*) Je suis personnellement porté à l'acte que vous indiquez, mais je ne saurais en prendre l'initiative. Voyez quelques personnes de la ville, M. Bellami, par exemple, c'est un homme aimé et estimé de tout le monde... Voyez M. le Curé. Quant à moi, je vous loue fort de votre idée. Comment ! vous, étranger à la ville ! c'est encore mieux.

L'ÉTRANGER.

Eh bien ! je m'en vais chez M. Bellami.. A bientôt, M. le Maire.

M. Bellami est absent.

SCÈNE IIIᵉ.

L'ÉTRANGER, M. LE CURÉ.

(La scène se passe dans la sacristie).

L'ÉTRANGER.

Voici la troisième fois que je viens, Monsieur le Curé, sans vous avoir rencontré chez vous.

LE CURÉ.

Vous n'aviez pas laissé votre nom. *(A part)*. Je ne connais pas cette figure.

L'ÉTRANGER.

Je viens....

(*) Historique.

LE CURÉ (*interrompant*).

Pour un baptême ?

L'ÉTRANGER.

Ce n'est plus de mon âge.....

LE CURÉ.

Pour un mariage ?...

L'ÉTRANGER.

J'ai ce qu'il me faut.

LE CURÉ.

Alors, c'est pour....

L'ÉTRANGER.

Vous avez deviné, M. le Curé, c'est pour un service funéraire.... Je viens réclamer de vous un service.... considérable.... si cela se peut, eu égard à la personne défunte, et si, toutefois, vous pouvez l'annoncer d'avance au prône.... vu l'à-propos, je pense qu'il n'y manquerait pas de monde.

LE CURÉ.

Ah ! Monsieur, je sais de quel personnage vous voulez parler... (*avec embarras*). Certainement... la mort expie bien des torts. — Ce n'est pas moi qui lui reprocherai aujourd'hui son illégitimité....

L'ÉTRANGER.

Mais, peut-être, ne la lui avez-vous jamais reprochée non plus....

LE CURÉ.

Dieu m'en garde ! je ne veux pas me brouiller avec les puissances de la terre.... C'est pourquoi, Monsieur, je vous refuse *le service* que vous me demandez.

L'ÉTRANGER.

Eh bien, alors, une messe basse?

LE CURÉ.

Oh! alors, Monsieur, c'est autre chose; vous en avez le droit. Le premier venu peut, pour 20 sols, nous faire, je ne dirai pas chanter, mais prier pour Jacques, Pierre, Paul, Louis-Philippe, Napoléon, Grégoire, etc., etc.

L'ÉTRANGER.

Je comprends, (à part) et même pour le bourreau, au besoin. (haut). Du moment que vous êtes si accommodant, M. le Curé, je n'insiste plus. — Mais il me vient une idée.... Messe pour messe, puisque ce sera une messe basse, ne pourrait-on la dire au château, dans la chapelle?...

LE CURÉ (vivement).

Ah! très-bien. (à part). Eloignons-le. (haut). Monsieur, je vous approuve, et je vous procurerai même un ecclésiastique pour cet objet. Mais le château n'est pas de mon domaine, veuillez vous adresser à l'autorité qui y commande....

L'ÉTRANGER.

J'y cours.   (Il sort).

LE SACRISTAIN.

Ah! M. le Curé, vous perdez peut-être là une bonne aubaine. Ces personnes auraient peut-être été généreuses... pour vos pauvres... pourquoi les renvoyer au château?

LE CURÉ.

Vous avez raison... Mais il est temps encore... Je puis... Courons.

SCÈNE IVᵉ.

LE CURÉ, LE SOUS-PRÉFET.

(Dans le cabinet du Sous-Préfet).

LE CURÉ.

M. le Sous-Préfet, vous me voyez tout ému...

LE SOUS-PRÉFET.

En effet, qu'avez-vous, M. le Curé? Votre figure est toute bouleversée....

LE CURÉ.

Notre ville, si tranquille, notre wist, tout cela va être troublé.

LE SOUS-PRÉFET.

Comment cela?

LE CURÉ.

Un inconnu sort de chez moi... Une personne très bien, malheureusement, ce qui n'est que plus dangereux... Elle me demande une messe basse pour le repos de l'ame du feu Roi....

LE SOUS-PRÉFET.

Eh bien! qu'y a-t-il là d'effrayant?

LE CURÉ.

Je soupçonne fort cette personne d'être un agent provocateur.

LE SOUS-PRÉFET.

Ah! diable! j'y songe... il y a quelque chose à faire avec cela. Il ne faut pas que l'administration ait l'air d'être une chose inutile... Cela tombe à propos. Nous sommes si calmes que je ne savais plus quoi écrire au Préfet. — Vous dites donc que cette personne vous a fait une proposition..... monarchique?... Savez-vous son nom, sa qualité?...

LE CURÉ.

Ce Monsieur a l'air fort honorable, il venait de la part du Maire, et j'ai négligé....

LE SOUS-PRÉFET.

Ce bon Maire!.. il ne voit rien. *(Il sonne).*

(Entre un garçon de bureau-domestique).

(Au garçon). Allez de suite chez M. le commissaire de police, et priez-le de passer chez moi immédiatement. — Ah! mettez le cheval au cabriolet, je vais partir en route. *(Au curé).* Très bien, Monsieur le Curé, très bien... N'étiez-vous pas vicaire à Paris, de M. le curé G... qui est passé évêque de M***.

LE CURÈ.

Oui, Monsieur le Sous-Préfet.

LE SOUS-PRÉFET.

Très bien. Alors vous savez de quel bois on fait

les évêques.... Nous causerons de tout cela avec M. le Ministre... Je vous présente mon respect.

(Le Curé s'incline et sort).

SCÈNE Vᵉ.

LE COMMISSAIRE.

Monsieur le Sous-Préfet, je me rends à vos ordres.

LE SOUS-PRÉFET *(se promenant à grands pas).*

Ah ! Monsieur le Commissaire ! vous croyez que parce que notre forêt, bien qu'immense, est aussi sûre que le jardin des Tuileries, et que les voyageurs attirés par les trains de plaisir peuvent y circuler en toute confiance, jour et nuit, vous croyez, dis-je, que, parce que nos socialistes sont incapables de bouger, votre besogne est finie....

LE COMMISSAIRE *(se méprenant).*

Il me semble pourtant, Monsieur le Sous-Préfet, que l'éclairage, que la propreté de la ville, que la tranquillité du marché ne laissent rien à désirer.... ·

LE SOUS-PRÉFET *(l'interrompant).*

Il s'agit bien de cela ! Je vous trouve beaucoup trop municipal, Monsieur le Commissaire, et pas assez politique....

LE COMMISSAIRE *(souriant).*

Monsieur le Sous-Préfet sait bien que la politique

n'a rien à faire dans cette localité. On n'y est ni assez bon ni assez mauvais pour y faire ni bien nimal. On pense beaucoup à soi, et l'on s'y accommodera de tous les régimes qui donnent l'ordre et la paix.

LE SOUS-PRÉFET *(à part)*.

Hum! hum! C'est un peu comme cela partout. Il y a indifférence en matière de politique comme en matière de religion. L'abbé Lamennais a oublié cette indifférence là. *(Haut)*. C'est possible, Monsieur; mais nous recevons des étrangers.. à résidence même.. et il y en a de remuants.. à l'occasion de la mort du Roi..

LE COMMISSAIRE.

Mais dans quel but? Je ne comprends pas....

LE SOUS-PRÉFET.

Ah! sans doute... entre nous il n'y a rien de menaçant.... *(Elevant la voix)*. Mais notre devoir, Monsieur, est de les surveiller : nous sommes là pour quelque chose, n'est-il pas vrai?

LE COMMISSAIRE.

Sur ce point là, je suis tout à fait de votre avis, M. le Sous-Préfet, et à votre disposition.

LE SOUS-PRÉFET.

Courez donc chez ce bon Maire, et demandez-lui quel est cet étranger qui vient de l'autre monde ici pour nous demander des messes.. Sachez où il loge. Mettez, en attendant, votre brigade de sûreté sur pied; qu'on observe ce partisan de la Monarchie; qu'on le file... vous savez... qu'on sache quelles sont les personnes qu'il voit ici et celles qui correspondent avec lui. Vous me ferez un rapport. Aussitôt que vous m'aurez donné son nom seulement, je partirai pour le chef-lieu qui n'est qu'à deux lieues d'ici heureusement. Je ne veux pas être noté au ministère parmi les sous-préfets indolents. J'ai servi la Monarchie avec zèle, je sers la République avec tout autant de zèle, et j'espère bien que ma carrière administrative n'est pas finie. J'ai horreur des culs de sacs!. Ah! si je pouvais trouver une bonne petite conspiration!! Allez.

(Le Commissaire s'incline et sort).

SCÈNE VIᵉ.

L'ÉTRANGER, LE COMMANDANT MILITAIRE.

(La scène se passe au Château).

L'ÉTRANGER.

Mon Général, je vois que vous êtes un ancien et glorieux serviteur de la France ; votre cœur doit être l'écho des plus nobles sentiments. Trouveriez-vous inconséquent qu'une messe basse fût dite dans une des chapelles de ce château, à l'occasion de la mort du prince qui a donné à la France dix-huit années de paix et de prospérité..?

LE COMMANDANT.

Monsieur, je n'ai pas l'avantage de vous connaître ; mais, qui que vous soyez, parlant ainsi, soyez le bien venu. S'il n'avait tenu qu'à moi, ce serait déjà fait.. Mais pourquoi cette chapelle plutôt qu'ailleurs. ?

L'ÉTRANGER.

Ah ! c'est que je suis sûr du concours des artistes présents ici, à cause des souvenirs que rappelle la restauration de cette chapelle due à la coopération d'une princesse qui fut artiste elle-même...

LE COMMANDANT.

Vous avez raison. Le choix est délicat et double le prix du procédé. Mais, hélas ! je suis fâché de vous le dire, je ne suis pas le seul à commander ici, ou plutôt je ne commande rien du tout. Depuis deux ans c'est la cour du roi Pétaud qui a remplacé l'ancienne, et je n'ai pas besoin de vous dire combien c'est différent. C'est à qui tirera de son côté. Tantôt nous appartenons à un ministère, tantôt à un autre, et le plus sot grimaud des bureaux, parce que son papier porte l'empreinte du gouvernement, croit pouvoir faire l'insolent avec un vieux soldat. Cette chapelle que vous me demandez pour un moment, croiriez-vous que je n'en ai pas la clef ? On me l'a retirée comme toutes les autres, sous prétexte de réparations... Mais il y a mieux, ou plus ridicule, si vous voulez. Il y avait une Direction des Beaux Arts, qui s'occupait de la restauration des tableaux, et dépendait du ministère de l'Intérieur. Aujourd'hui, c'est M. Bineau, le ministre envahisseur et sauvage des Travaux publics, qui s'est emparé de cette direction, sous prétexte que les peintures sont accrochées à ses murailles. Je vous laisse à penser ce que peuvent être dès lors ces restaurations qu'on fait à la toise et qui se règlent par un architecte comme un mémoire de maçon ? Et l'on parle de progrès !... *(S'animant par degrés)*. Non, j'ai trop vécu, ce que je vois m'irrite à un point extrême... Je n'aimais déjà pas tant la bureaucratie. *(Avec force)*. La bureaucratie !.. Je l'ai en horreur... Comment ! 75 années de services effectifs (autant que d'âge), d'honorables cicatrices... officier général, une pléiade de décorations non mendiées.. et je serais le jouet de pareils drôles !! J'ai tiré plus de coups de canon qu'ils n'ont donné de coups de plume !... *(avec exaltation)*. Il faut que cela finisse... Monsieur ! Je vous donne l'autorisation que vous me demandez... Ils n'ont rien à voir à cela, les misérables ! Ce n'est pas du badigeon. Faites dire votre messe. Je ferai plutôt forcer les portes, et j'y assisterai en grand uniforme, habit brodé, etc., etc. Nous verrons s'ils oseront me braver... Sans adieu. A demain.

L'ÉTRANGER *(A part s'en allant)*.

A la bonne heure, donc !

SCÈNE VIIe.

L'ÉTRANGER, LE RÉGISSEUR DU CHATEAU.

(La scène se passe sur l'escalier qui conduit à l'appartement du Commandant).

LE RÉGISSEUR *(d'un air curieux)*.

Pardon, Monsieur. Vous sortez de chez le général.... n'est-ce pas à l'occasion d'une messe basse...?

L'ÉTRANGER *(étonné)*.

C'est vrai, Monsieur ; mais qui a pu vous dire..?

LE RÉGISSEUR.

Que vous importe.? Je suis prévenu... Mais, Monsieur, vous ne réussirez pas.

L'ÉTRANGER.

J'ai l'autorisation du Commandant...

LE RÉGISSEUR.

C'est possible.. Mais moi, j'ai la clef de la chapelle, et de plus je viens d'y faire poser deux forts cadenas.. Maintenant, si c'est une scène de violence que vous voulez... du scandale... il y en aura, Monsieur, et nos mesures sont prises...

L'ÉTRANGER.

Ah ! Monsieur.. loin de moi une telle pensée ! Je cherchais des hommes de cœur.. Je venais d'en trouver un... Mais du scandale !.. fi donc.

LE RÉGISSEUR.

Vous venez faire ici une manifestation politique..

L'ÉTRANGER.

Politique ?.. non Monsieur..... de reconnaissance patriotique...

LE RÉGISSEUR.

C'est de la politique, ça, Monsieur..... du sentiment !... de la reconnaissance.... Nous sommes en République... On ne connaît plus ça....

L'ÉTRANGER *(avec affliction)*.

Du moment qu'on interprète ainsi un acte aussi innocent, j'y renonce, Monsieur... Je me retire. Je serais désespéré d'avoir été la cause du moindre désagrément pour qui que ce soit....

ACTE DEUXIÈME.

—

(Le lendemain matin, au Cercle).

SCENE Ire

L'ÉTRANGER, M. BELLAMI, M. TÊTE NEIGE.

M. BELLAMI à l'étranger.

N'est-ce pas vous, Monsieur, qui vous êtes donné la peine de passer chez moi quand j'étais absent?...

L'ÉTRANGER.

Oui, Monsieur. Vous aurait-on dit le motif de ma visite ?

M. BELLAMI.

Je le connais. Et, bien que je sois, par la position indépendante et impartiale que j'ai su prendre et faire respecter ici, ou plutôt à cause de cette position, en dehors de tout sentiment politique, non seulement je partage votre inspiration généreuse, sous le point de vue de la convenance sociale, mais encore nous voulons, ma femme et moi, vous aider dans sa réalisation....

L'ÉTRANGER.

Ah! Monsieur, que vous me faites de bien! vous êtes la seconde personne de cœur que j'aurai rencontrée ici!!!...

M. TETENEIGE.

Et je vous prie, Monsieur, de me permettre de me joindre à vous....

L'ÉTRANGER.

Allons,

« Il en est jusqu'à trois que je pourrai citer. »

M. BELLAMI.

Unissons-nous à la famille d'un fonctionnaire destitué qui fait, *incognito,* dire à l'instant une messe de 20 *sols,* pour le repos de l'âme du nommé *Louis-Philippe....* Dieu seul entendra nos vœux; c'est ce que nous voulons. Nos devoirs d'hommes bien élevés, de citoyens français, seront remplis, et nos consciences tranquilles....

L'ÉTRANGER.

Ce qui ne m'empêchera pas de dire : *la reconnaissance a quelquefois ses inconvénients.*

SCÈNE IIe ET DERNIÈRE.

(Sur les marches de l'Eglise, après la messe).

1er ASSISTANT.

Avez-vous remarqué, Messieurs, l'absence de M. le Curé, à cette messe dont il n'ignorait pas l'intention?.

2ᵉ ASSISTANT.

J'ai remarqué qu'excepté le célébrant, il n'y avait pas un seul ecclésiastique dans l'église, même en soutane....

3ᵉ ASSISTANT.

Le clergé de cette paroisse a bien vite oublié que le Roi défunt lui avait fait don d'un magnifique dais et d'ornements funéraires, d'une valeur de 8,000 fr.

1ᵉʳ ASSISTANT.

M. le Curé a oublié aussi qu'à chaque voyage du monarque, il recevait de lui 1,000 fr. pour ses pauvres auxquels on donne généralement fort peu ici.

UN INTERLOCUTEUR.

M. le Curé espère, sans doute, qu'il n'y aura plus de pauvres, à dater du retour *prochain* du comte de Chambord....

BIBLIOTHÈQUE NATIONALE IMPRIMÉS. B.N.F.

www.ingramcontent.com/pod-product-compliance
Lightning Source LLC
Chambersburg PA
CBHW061733180626
46818CB00006B/2588